善良 BE KIND

文｜帕特・澤特羅・米勒 Pat Zietlow Miller

圖｜簡・希爾 Jen Hill　　譯｜馮季眉

獻給我認識的最善良的兩個人 —— 我的姊姊，潘·威爾斯，
以及我的朋友艾倫·勞倫斯。

—— 帕特·澤特羅·米勒

獻給我的爸爸、媽媽。

—— 簡·希爾

Thinking 035

善 良 BE KIND

作　　　　者　帕特·澤特羅·米勒 Pat Zietlow Miller
繪　　　　者　簡·希爾 Jen Hill
譯　　　　者　馮季眉

字畝文化創意有限公司
社　　　　長　馮季眉
責 任 編 輯　洪絹
編　　　　輯　戴鈺娟、陳心方、巫佳蓮
美 術 設 計　陳俐君

讀書共和國出版集團
社　　　　長　　　　　郭重興
發行人兼出版總監　　　曾大福
業務平臺總經理　　　　李雪麗
業務平臺副總經理　　　李復民
實體通路協理　　　　　林詩富
網路暨海外通路協理　　張鑫峰
特販通路協理　　　　　陳綺瑩
印務協理　　　　　　　江域平
印務主任　　　　　　　李孟儒

發　　　行／遠足文化事業股份有限公司
地　　　址／231 新北市新店區民權路 108-2 號 9 樓
電　　　話：(02)2218-1417　　傳　　真：(02)8667-1065
電子信箱：service@bookrep.com.tw　　網　　址：www.bookrep.com.tw
法律顧問／華洋法律事務所　蘇文生律師
印　　　製／中原造像股份有限公司

2019 年 3 月 20 日　初版一刷
2022 年 3 月　　　　初版十一刷
定價：350 元
書號：XBTH 0035
ISBN 978-957-8423-72-5

BE KIND by Pat Zietlow Miller and Illustrated by Jen Hill
Text copyright© 2018 by Pat Zietlow Miller
Illustration copyright© 2018 Jen Hill
Publishing by Roaring Brook Press
Roaring Brook Press is a division of Holtzbrinck Publishing Holdings Limited Partnership. All rights reserved.

特別聲明：有關本書中的言論內容，不代表本公司／出版集團之立場與意見，文責由作者自行承擔

昨天，莎莎在學校不小心打翻了葡萄汁。

她的
新衣服
染成了
紫色。

大家都笑了。
我也差點笑了。
可是媽媽常常提醒我：
做人要善良。
　所以，我試著
　表現善意。

可惜似乎沒用。
我安慰她說：

紫色是我
最喜歡的顏色。

我以為莎莎聽了會報以微笑，
沒想到她反而低著頭跑出教室。

等她回到教室，
點心時間已經結束。
她默默穿上美術課的工作服，
眼睛不看任何人。

我差點又想安慰她說，美術課是我最喜歡的課。
不過，我怕她聽了又會跑開。
所以我用畫的，我畫了一團團的紫，
點綴著片片的綠，畫出一束美麗的紫羅蘭。

我邊畫邊想，可以怎樣幫忙莎莎。

要不要拿我的濕紙巾給她用？
還是把我的運動衣借她穿？
或是乾脆把果汁灑滿身，讓大家轉移焦點來笑我呢？

善良，到底該怎麼做呢？

也許是付出。

做餅乾送給獨居的雷先生。

或者，把自己穿不下的鞋子
送給更合腳的小孩。

（說不定他穿了我的鞋，會跟我一樣贏得賽跑。）

也許是幫忙。

幫忙收拾髒碗盤、放進洗碗槽。

幫忙把班級寵物
天竺鼠歐弟清理
乾淨。
（牠每次吃東西，
總是把自己弄得
髒兮兮。）

也許是關心。

告訴戴蒙， 我喜歡他的藍靴子。

主動邀新來的女生跟我一起玩。

認真傾聽芳妮阿姨說她的故事。
（雖然老早就聽過 N 遍了。）

做個善良的人，
應該很容易。
就像隨手把廢紙丟進垃圾桶，
或把飲料瓶資源回收。

謝謝你！

保重喔！

媽媽說，表達善意
最直接的做法，就是稱呼
對方的名字問候他。

嗨，卡拉。

歐瑪，
最近好嗎？

午安啊，
孟先生。

但是有時候，
即使知道怎麼做才對，卻很難做到。
例如不厭其煩的教小鬼頭學識字。

（我已經算是很有耐心了。）

或是站出來挺那個被所有同學聯手排擠的人，真的很為難！

（心裡真的會怕怕的。）

也許莎莎打翻葡萄汁的事情，我幫不上忙，
也許我能做的，只是上美術課時坐她旁邊。

然後，畫這張圖給她。
因為我知道，她也喜歡紫色。

也許我只能做些小事情。
但是，我做的小事情，
　　　若是和別人做的小事情匯集起來，

那麼，原本小小的事，也可能變成大事。

真正的大事，
大到我們的善行從校內擴散到校外⋯⋯

動物收容所

公共
圖書館

公車站

擴散到整個小鎮……

甚至擴散到全國上下……

然後，一直、一直擴散……

擴散到全世界。

這股力量又循環回來，
影響莎莎和我，
於是，我們都能用
一顆善良的心對待別人。

循環。

再循環。

一次又一次。